亚洲

太平洋

印度洋

大洋洲

文学在这里诞生

Paisajes literarios

[西]努丽娅·索尔索纳 著　冯珣 译　浪花朵朵

贵州出版集团
贵州人民出版社

Título original: *Paisatges literaris*

©2023, de las ilustraciones: Núria Solsona
©2023, de la edición: Zahorí Books
Simplified Chinese rights are arranged by Ye ZHANG Agency (www.ye-zhang.com)
Illustration of this work was supported by Institut Ramon Llull

institut
ramon llull

本书中文简体版权归属于银杏树下（上海）图书有限责任公司
著作权合同登记号　图字：22-2024-101
审图号：GS京（2025）0484号

图书在版编目（CIP）数据

文学在这里诞生 /（西）努丽娅·索尔索纳著；冯珣译. -- 贵阳：贵州人民出版社，2025.6. -- ISBN 978-7-221-18696-6

Ⅰ. I106

中国国家版本馆CIP数据核字第2024PV1482号

WENXUE ZAI ZHELI DANSHENG
文学在这里诞生

[西]努丽娅·索尔索纳　著
冯珣　译

出 版 人：朱文迅	选题策划：北京浪花朵朵文化传播有限公司
出版统筹：吴兴元	责任编辑：王潇潇
特约编辑：冉 平	装帧设计：墨白空间·闫献龙
排版制作：赵昕玥	责任印制：丁晋峰

出版发行：贵州出版集团　贵州人民出版社
地　　址：贵阳市观山湖区会展东路 SOHO 办公区 A 座
印　　刷：雅迪云印（天津）科技有限公司
经　　销：新华书店
版　　次：2025 年 6 月第 1 版
印　　次：2025 年 6 月第 1 次印刷
开　　本：889 毫米 ×1194 毫米　1/16
印　　张：4
字　　数：50 千字
书　　号：ISBN 978-7-221-18696-6
定　　价：62.00 元

读者服务：reader@hinabook.com 188-1142-1266
投稿服务：onebook@hinabook.com 133-6631-2326
直销服务：buy@hinabook.com 133-6657-3072
官方微博：@浪花朵朵童书

后浪出版咨询(北京)有限责任公司　版权所有，侵权必究
投诉信箱：editor@hinabook.com　fawu@hinabook.com
未经许可，不得以任何方式复制或者抄袭本书部分或全部内容
本书若有印、装质量问题，请与本公司联系调换，电话：010-64072833

文学在这里诞生

序 言 1	《绿山墙的安妮》 露西·莫德·蒙哥马利 26
《汤姆·索亚历险记》 马克·吐温 2	《安娜·卡列尼娜》 列夫·托尔斯泰 28
《金银岛》 罗伯特·路易斯·斯蒂文森 4	《夏日书》 托芙·扬松 30
《野性的呼唤》 杰克·伦敦 6	《巴塔哥尼亚高原上》 布鲁斯·查特文 32
《地心游记》 儒勒·凡尔纳 8	《潮骚》 三岛由纪夫 34
《丛林故事》 约瑟夫·鲁德亚德·吉卜林 10	《麦田里的守望者》 杰罗姆·大卫·塞林格 36
《悉达多》 赫尔曼·黑塞 12	《霍乱时期的爱情》 加西亚·马尔克斯 38
《基督山伯爵》 大仲马 14	《巴尔扎克与小裁缝》 戴思杰 40
《呼啸山庄》 艾米莉·勃朗特 16	《沙漠》 勒克莱齐奥 42
《小妇人》 路易莎·梅·奥尔科特 18	《少年不知何处去》 米格尔·德利韦斯 44
《骑鹅旅行记》 塞尔玛·拉格洛芙 20	《阿图罗的岛屿》 艾尔莎·莫兰黛 46
《追逐阳光之岛》 杰拉尔德·达雷尔 22	《大莫纳》 阿兰-傅尼埃 48
《德古拉》 布莱姆·斯托克 24	《这个世界土崩瓦解了》 钦努阿·阿契贝 50

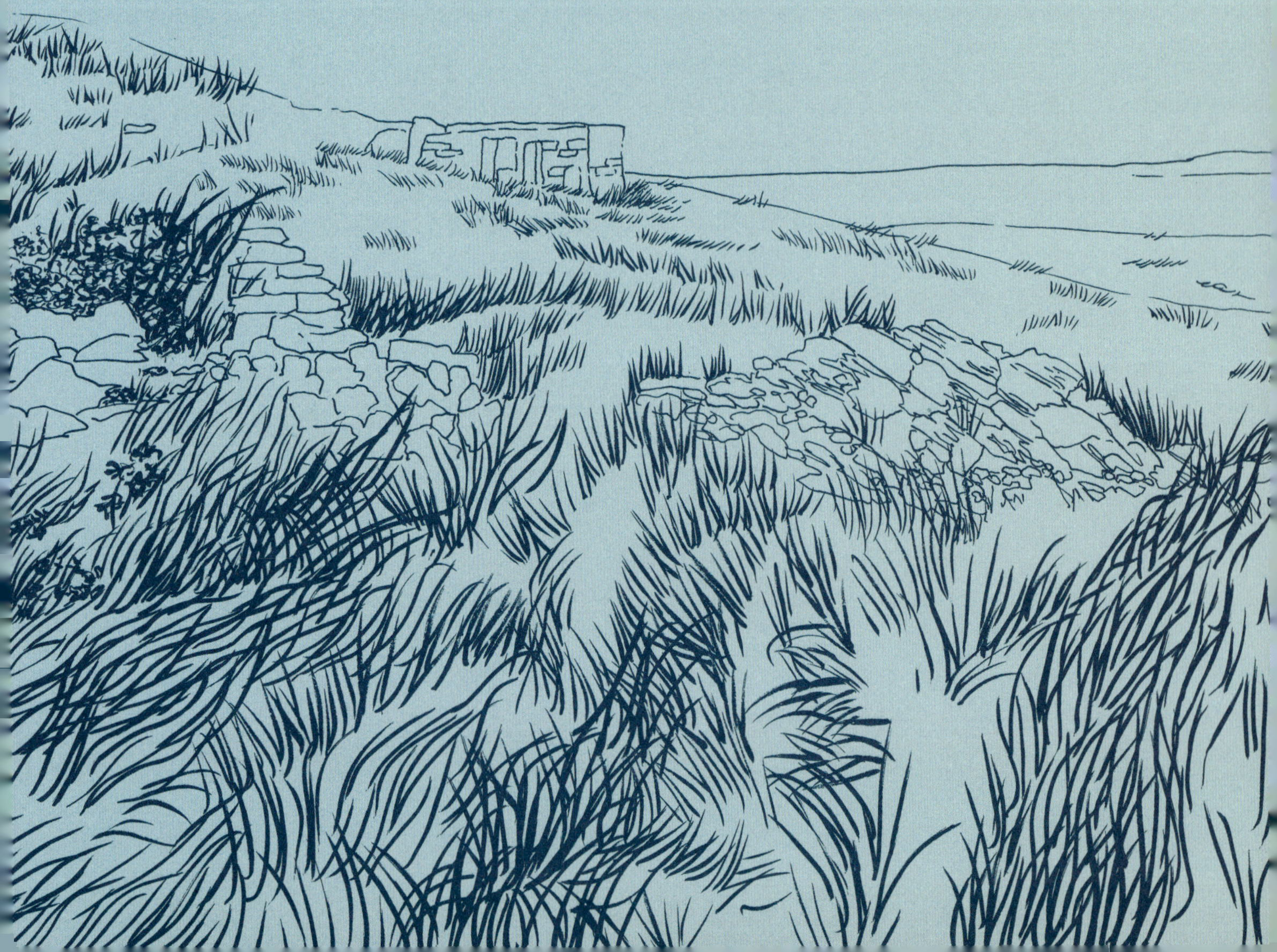

序 言

当我们来到这个世界，我们就开启了自己独一无二的旅程。人生就像一场冒险，不论我们身处静谧的乡村还是偌大的都市，都会在生活中找到属于自己的风景。童年的记忆、生活的阅历，都是我们故事发生的场景。作家在写作中也会对场景进行充分的发掘，毕竟在一部作品中很难不提到某个场景或地点。

本书收录的 25 个故事发生场景提醒我们，在文学的空间中，文字能够保存记忆、修改记忆，或是虚构出截然不同的世界。场景是故事必不可少的组成部分。不是所有的作者都认同自己周围发生的事。有的作家生活在偏远的地方，他们在书中向家乡致敬；有的作家选择在旅行中寻找生命的意义；还有许多作家会把自己的生活片段——自然也是发生在某个地方的——写进自己的故事里。

在这 25 部文学作品中，有爱、有恨、有彷徨、有改变、有沮丧、有坚忍、有快乐、有秘密、有谎言、有邂逅、有冒险，还有截然不同的生活方式。通过作者对风景的描绘，我们看到了炽热的沙漠、清透的天空、终年不化的积雪、潮湿的雨水、呼啸的风声、田野的气味和声响，以及人类与环境深厚的关系。在这些作品中，故事发生地的风景有时令人感到旷达，有时令人感到压抑，但永远不会让我们无动于衷。

有的作家，比如加西亚·马尔克斯，用文字开辟出一片新天地；而米格尔·德利韦斯、杰拉尔德·达雷尔、约瑟夫·鲁德亚德·吉卜林和钦努阿·阿契贝，为我们描绘了一个失落的天堂；再比如，托芙·扬松、艾米莉·勃朗特、路易莎·梅·奥尔科特、露西·莫德·蒙哥马利，还有布鲁斯·查特文，他们喜欢追溯往事；而儒勒·凡尔纳、杰克·伦敦、马克·吐温以及罗伯特·路易斯·斯蒂文森则选择踏上冒险之旅。还有一些作家描绘的景色超越了现实，反映了他们看待和感知世界的方式。例如，三岛由纪夫和赫尔曼·黑塞，他们都留下了令人难忘的伟大作品。

这些作品除了都用大量笔墨刻画风景外，还呈现出共同的内在联系，即无论我们是谁，从哪里来，我们都应该找到属于自己的路。

安娜·加拉隆
儿童文学和青少年文学作家
曾获西班牙国家教育文体部颁发的 2016 年度国家阅读推广奖

密西西比河

美国

"从圣彼得斯堡往下游走大约五公里,密西西比河差不多有两公里宽,河中央有一座狭长的小岛,岛上长满了植被。岛的一端有一片沙滩,看起来很适合聚会。岛上没有人住,离对岸不远的地方是一片人迹罕至的茂密丛林。就这样,他们选择了杰克逊岛。他们还没有想好要打劫的对象。于是他们去找哈克贝利·费恩,哈克自然二话没说就加入了他们的队伍——对他来说,做什么行当都行,没什么区别。然后他们就分头行动,约好在大家最喜欢的时间——也就是半夜十二点,到河上游,离村子四公里处的岸边的一个僻静地方碰头。"

《汤姆·索亚历险记》
马克·吐温
1876

两个小伙伴在密西西比河畔悲欢交织的生活。

汤姆是个孤儿,他有一个形影不离的好朋友,名叫哈克贝利·费恩,两个人在密西西比河畔的圣彼得斯堡过着调皮捣蛋、充满冒险的生活。比如,波莉姨妈罚汤姆粉刷墙壁,别人帮他的忙,还要付报酬"贿赂"他呢!马克·吐温幽默地描绘了当时的迷信风气:汤姆和哈克去墓地用咒语和一只死猫治身上的

瘊子（疣）。这个小插曲以一场悲剧告终，因为他们在现场目睹了一场谋杀。这种幽默感与戏剧性的对位是马克·吐温非常典型的风格。他对人物睿智的刻画也同样令读者佩服不已。故事中的反派——报复心强、爱记仇的印第安人乔就是一个很好的例子。汤姆只要一想到他的名字，就会做噩梦。

马克·吐温真名叫**萨缪尔·兰亨·克莱门斯**，他在密苏里州汉尼拔市的密西西比河畔长大。对他来说，这条重要的河流就是他灵感的源泉。年轻时，这位未来的作家在密西西比河上开蒸汽船，负责从圣路易斯到新奥尔良的航段。密西西比河驳船上的水手们用 mark twain（水深十二英尺*）这个词来表示航道的水深可以安全通过。马克·吐温这个笔名就是这样得来的。

* 英美制长度单位，1英尺为 0.3048 米。——编者注

骷髅岛

位置不详

《金银岛》
罗伯特·路易斯·斯蒂文森
1883

嗜血的海盗、藏宝图和重重谜团，共同构成了这个激动人心的冒险故事。

一个名叫吉姆·霍金斯的男孩，在父亲开的"本卜司令"旅店里帮忙，这家店坐落于英国海岸，一个生动的冒险故事就从这里开始上演了。一天，有位老水手来到店里，吉姆很快就和他成了忘年交。老水手突然离世，临死前向吉姆坦言自己是一名海盗，还拥有一张藏宝图。男孩的生活从此改变了，他可以凭借这张地图找到海盗船长

"第二天早上，我登上甲板，看到小岛的面貌已经完全不一样了。
"灰色的树林覆盖着大半个岛屿。然而，这种单一的色调被低处的黄沙地打乱，也被松树打破——它们高出其他树木一大截，或独自矗立，或三五成林，但小岛总体的色彩是统一的、暗淡的。一座座山丘突兀地耸立在树林之上，仿佛一座座光秃秃的岩石塔。每一座山都奇形怪状，而卡塔莱霍山要比其他山丘高出两三百英尺，形状也数它最奇特：它的每一侧山坡都陡峭到与地面接近垂直，山顶却像被削平了一样，宛如一个用来安放雕像的石墩子。"

弗林特在骷髅岛上的传奇宝藏。但是可怕的约翰·西尔弗带领手下的海盗，试图夺走这份宝藏。作者一家去苏格兰度假时，曾在旅途中一起玩创作故事的游戏，斯蒂文森的继子罗伊德画的一幅画激发了他的创作灵感，他马上开始给画中的岛屿起名字，故事的大纲和人物也被勾勒出来，后来这个故事成了他最家喻户晓的作品。

罗伯特·路易斯·斯蒂文森出生于一个灯塔建筑世家。他的祖父、两个叔叔还有父亲修建的众多灯塔，点亮了苏格兰大片的海岸线。注定要子承父业的斯蒂文森最开始学习的是工程学，但从小就渴望成为作家的他很快就放弃了学业，这引发了他父亲的强烈不满。斯蒂文森自幼身体羸弱，身患肺病，但他始终怀着勇气，乐观面对生活。考虑到清新的空气有利于他病情好转，他晚年移居太平洋的岛屿萨摩亚，当地原住民称呼他 Tusitala，也就是"讲故事的人"。他的生命在那里画上了句号，去世时刚满44岁。

育空地区

加拿大

"它喜欢沿着干涸的河床奔跑,也喜欢暗中窥视林中鸟群的生活。它会整日躺在低矮的灌木丛中,看着山鸡们趾高气扬地拍打着翅膀踱来踱去。但它最喜欢的还是在夏夜的微光中奔跑,倾听森林发出的低沉而催眠的窸窣声,像人类读书一样努力解读种种迹象,找寻那个神秘呼声的来源——无论在睡梦中还是清醒时,那个声音无时无刻不在向它召唤。"

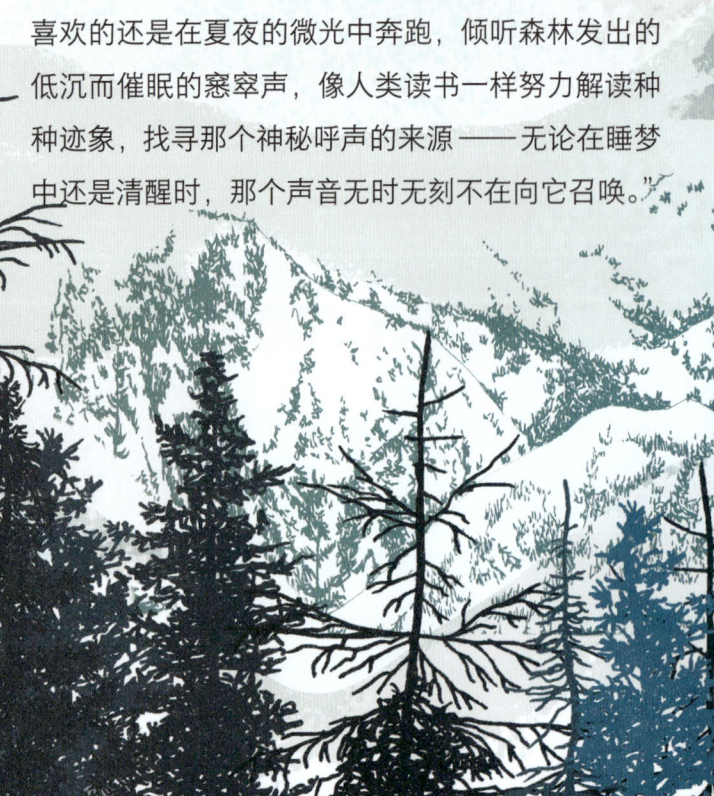

《野性的呼唤》
杰克·伦敦
1903

跨越文明与蒙昧的界限,遇见自己。

巴克是圣伯纳犬和苏格兰牧羊犬杂交的后代,它原本生活在温暖的加利福尼亚州,在米勒法官的牧场上过着舒适安逸的生活,但是主人的园丁偷偷把它卖掉换钱,从此它的生活发生了天翻地覆的变化。那个时代正值"淘金热",巴克被带到遥远的阿拉斯加,训练成了雪橇犬。它很快学会在恶劣环境中生存,当它的耐力和意志力被逼

到极限时，它体内的野性逐渐觉醒。它的最后一位主人约翰·桑顿救过它的命，它非常珍视这位主人。桑顿遭人杀害，巴克为他报了仇，后来，巴克走向森林，舍弃了文明世界。杰克·伦敦通过这部独特的小说成功吸引了大批读者，让他们感受到野性的神秘、残酷之美，以及来自天地间的力量的召唤——那是原始本能和觉醒的祖先记忆。

杰克·伦敦的一生短暂而动荡。他在太平洋上捕猎过海豹，当过战地记者，报道过拳击比赛，偷过牡蛎，甚至在偏远寒冷的克朗代克地区（加拿大西北部，与美国的阿拉斯加接壤）淘过金。那个时代，数十万人在"淘金热"的驱动下，下海碰运气，杰克·伦敦在育空河流域克朗代克地区搭了一座小木屋，过上了淘金者的生活。据这位美国作家说，他在克朗代克找到了自我，此外，他一定也是在那里获得了灵感，才有了这篇讲述人类与"野性"关系的故事。

斯奈菲尔火山

冰岛

"我又冷又饿,坚持不下去了。稀薄的空气无法填满我的肺。夜里十一点,我们终于在黑暗中抵达斯奈菲尔火山的山顶。躲进火山口之前,我看到'午夜的太阳'出现在它运动轨道的最低点,把苍白的光芒投射在我脚下这座沉睡的岛屿上。"

《地心游记》
儒勒·凡尔纳
1864

从一座火山进入地心,再从数千千米之外的另一座火山被喷出来的非凡冒险。

两个巧合的出现,为19世纪法国文学界最激动人心的冒险故事拉开了序幕。第一个巧合:年轻的阿克赛尔和他的叔叔奥托·李登布洛克教授翻阅一份珍贵的手稿时,里面掉出一页写满卢尼字母的羊皮纸,文字被加密了。第二个巧合:李登布洛克教授多次尝试破译都没成功,阿克赛尔却在用这张羊皮纸扇风时,偶然发现了破解密码的方法。原来,纸上

记录的是冰岛炼金术士阿尔纳·萨克努塞姆到达地球中心的经历。李登布洛克教授立即组织了一次探险，与阿克赛尔一起踏上萨克努塞姆走过的路。这个天真烂漫、涉世未深的男孩被叔叔逼着登上通向教堂钟楼顶的室外楼梯，努力克服眩晕，他的叔叔说："看，仔细看。你必须习惯俯视深渊！"从地心归来后，阿克赛尔已经蜕变成一个坚强勇敢的男子汉。

近半个世纪以来，**儒勒·凡尔纳**一直是除阿加莎·克里斯蒂之外，作品在世界上被翻译次数最多的作家。他在"非凡旅行"系列作品（近四十年来有六十多部作品）中提出的猜想多次为科学研究所证实。在这部小说中，他将故事的起点和终点设在两座真实存在的火山上。旅程的起点是冰岛西海岸最为传奇的斯奈菲尔火山（如今是冰岛最具代表性的景观之一），终点是西西里岛的斯特龙博利火山。

中央邦丛林

印度

"一旦快踩到腐烂的木头或是隐蔽的石头,他都能轻巧地躲开,丝毫不影响前进的速度。在地面走累了,他就会像猴子一样伸出手臂,抓住离他最近的藤蔓,然后飘似的,攀上纤细的树枝——从这里开始就换成了树上的路线——等到这么走腻了,他就会一个飞身落回地面上,在浓密的树丛中画一道悠远的弧线。"

《丛林故事》
约瑟夫·鲁德亚德·吉卜林
1894

大量人物构成的"马赛克",组成了印度丛林里生存与友谊的故事。

《丛林故事》是由七篇故事组成的合集,每个故事开篇都是一首诗。这些故事围绕毛葛利的经历展开:一对夫妇在躲避凶猛的孟加拉虎袭击时,把幼小的儿子遗失在了丛林中。一对狼夫妇把孩子从老虎掌下救下并收留了他。因为他身上不长毛发,他的狼妈妈给他取名"毛葛利"(意为"青蛙")。故事中

还出现了印度丛林中的许多其他动物,如狼群首领阿凯拉、教会毛葛利丛林法则的棕熊巴鲁、黑豹巴格伊拉、岩蟒喀阿,以及可怕的班达尔人(猿人)。毛葛利在充满危险的大自然中成长,在求生的同时,通过与其他形形色色的动物接触,开始逐渐了解到这个与人类村庄截然不同的世界的规则。

约瑟夫·鲁德亚德·吉卜林出生在孟买,当时印度还是大英帝国的殖民地。他的父母是英国人,吉卜林六岁前的时光是听着保姆用印地语讲故事度过的。在他稚嫩的童年时代,市集传来的浓烈气味、熙熙攘攘的街道、各式各样的风景以及印度人活泼的天性给他留下了深刻的印象。他根据自己之前写的一个故事(《在鲁克》)创作了《丛林故事》,讲述一个在中央邦的森林中被狼群抚养长大的男孩的故事。毛葛利的冒险就在这片茂密的丛林中展开。吉卜林用直白而有力的语言塑造了一个又一个神奇的场景。

丛林里的大河

印度北部

> "他平静地凝望着奔流的河水,他从未像此刻这么喜欢过水,也从未像此刻这么强烈而清晰地感知到流水的声音和寓意。他觉得,这条河好像有特别的事要对他说,一些他尚未领悟却待他领悟的事。"

《悉达多》
赫尔曼·黑塞
1922

不遵循预设的准则,通过经验寻找自己的道路。

为了满足对真理的渴望,婆罗门出身的年轻人悉达多离家出走。很快,他遇到了几位住在山中的苦行僧——沙门,并和他们一起冥想、斋戒和等待。离开舍卫城后,他还在另一座城里遇到一位美丽的女子卡玛拉和一位富商迦马斯瓦弥。在长达二十年的时间里,悉达多与他们分享尘世的快乐。但随着时间的推移,他认为这种物质

生活也不适合他，于是决定离开城市，继续寻找存在的意义。在经历了一些悲惨的事件后，悉达多终于学会了"倾听河流的声音"。这份宁静让这位婆罗门的叛逆子孙找到了自我，克服了恐惧，学会了平静地面对生活的起伏。他领悟到，人必须努力把握生活的每一刻，因为每一刻都是崭新的、鲜活的、充满变化的，就像河流一样。

赫尔曼·黑塞出生于德国西南部的小镇卡尔夫。家中的祖辈曾长期在印度南部担任新教的传教士。黑塞从小受印度文化的熏陶。他个性独立，热情而高傲，这使他常常与父母产生矛盾。出于对印度教、佛教和道教的研究，他在小说《悉达多》中表达了这样的观点：教义本身可以是手段，但不是目的，一个人必须找到属于自己的路，而不是沿着别人设定的道路前行。

伊夫岛
法国马赛

"当他第二次浮出水面时，离他落水的地方已经五十步远了。他仰头望去，天色黑沉，暴雨将至，疾风掠过云层，不时掀起孔隙，露出缀有星辰的蓝天。他的前方是一片浑浊低鸣的海洋，浪花泛起泡沫，预示暴风雨即将来临。而在他的身后，比海水的颜色更幽深的花岗岩峭壁好似令人胆寒的幽灵一样矗立着，黑压压的顶端就像一只擒向猎物的手臂。"

《基督山伯爵》
大仲马
1844—1846

在不可饶恕的背叛和囚禁之后，复仇之火慢慢燃烧。

《基督山伯爵》讲述的是文学史上最令人印象深刻的复仇故事之一。主人公埃德蒙·唐戴斯因受人诬陷而被囚禁在伊夫堡监狱多年。在另一位囚犯法里亚神甫的帮助下，他不仅成功逃出了监狱，还根据神甫的指点，找到了一笔巨大的宝藏。多年后，他以基督山伯爵的身份到了巴黎，向陷害他的人复仇。

伊夫堡建于 16 世纪，至今依然矗立在距马赛海岸约 2 千米的伊夫岛上，这座岛是弗柳尔群岛的一部分。伊夫堡原本是一座战争要塞，但很快就被改造成监狱，使用了近 400 年。这座阴森的牢狱成了最可怕的监狱的代名词，这也是大仲马将唐戴斯的关押地点设定在这里的原因。

大仲马是一位高产的小说家和剧作家，也是有史以来最受欢迎的法国作家之一。他的父亲是法国大革命的无名英雄，被称为"黑伯爵"，因为他是加勒比地区一个没落贵族和一个黑人女奴生下的儿子。据说，父亲的冒险经历是大仲马最著名的小说《基督山伯爵》和《三个火枪手》的灵感来源。但事实上，《基督山伯爵》的情节是根据一个真实事件改编的：一个巴黎的鞋匠被朋友们诬告，被关进了监狱，他出狱后回来复了仇。

约克郡的荒原
英国

"那个星期五是一个月以来最后一个晴朗的日子。到下午就变天了：南风变成了东北风，先是带来了冷雨，接着是雨夹雪和雪。第二天早上，人们几乎无法相信之前已经过了三个星期的夏天。樱草和番红花都被埋在积雪下面了，百灵鸟不再歌唱，小树的嫩叶都枯萎变黑了。那个悲伤、寒冷、凄楚的早晨就那么慢慢地挨了过去。"

《呼啸山庄》
艾米莉·勃朗特
1847

一个发生在英国维多利亚时代的爱恨交织的故事。

恩肖一家生活在约克郡的荒原上，他们收养了一个名叫希思克利夫的孤儿。凯瑟琳·恩肖和希思克利夫像兄妹从小生活在一起，渐渐地，两人之间萌生了病态而狂热的爱情。然而，凯瑟琳决定嫁给富有的邻居埃德加·林顿，得知此事的希思克利夫绝望地出走了。他们之间难以割舍的感情因为这场背叛演变成

仇恨和暴行，并将他们的生活引向了悲剧，导致两个家庭都陷入了不幸。这部小说在当时引起了很大的争议，因为它的内容"不合时宜"，违背了维多利亚时代严格的社会风俗。文中描绘的荒原人烟稀少、岩石密布、时常下雨，几乎成了故事的一个重要元素，勃朗特借荒凉凄冷的景色诠释了人物内心的扭曲。

艾米莉·勃朗特是19世纪英国女作家，在家中三个姐妹中排行第二，她们三人都是作家。勃朗特姐妹想象力丰富，在离开寄宿学校时，她们决定每人写一部小说。小说于同年出版——不过由于当时的偏见，她们的署名都用了男性化的笔名——这些作品如今已成为英国文学的经典。《呼啸山庄》的署名是埃利斯·贝尔，这本书出版一年后，艾米莉就去世了，年仅30岁。

马萨诸塞州

美国

"雪下得不多,她很快绕着花园扫出一条小路来,这样等太阳出来了,贝丝就能出来散散步。……马奇家的花园紧挨着劳伦斯先生家的宅子,两座房子地处市郊,周围分布着林荫道、草坪、宽敞的花园和安静的街道,很有乡村特色。……一边是一座褐色的老房子,没有了夏日的葡萄藤和绕着房子生长的鲜花,它看起来有些荒凉;另一边则是一幢石砌的大宅,从宽敞的马车房、保养良好的庭院到温室,以及从华丽窗帘间露出的精美摆设,无不明明白白地彰显着里面居民优越阔绰的生活。"

《小妇人》
路易莎·梅·奥尔科特
1868

四姐妹的故事,对那个年代的文学和习俗产生了很大的影响。

美国南北战争期间,马奇姐妹(梅格、乔、贝丝和艾美)跟着母亲生活在新英格兰地区。她们过得并不轻松:父亲在前线打仗,家庭生活拮据。小说记录了四个女孩青春期成长的经历,以及生活对她们的种种考验。故事中的乔所展现的不墨守成规的精神和追求个人自由的意志在当时令人眼前一亮,因此,奥尔科特给那一代以及后来的

读者留下了深刻的印象。这是一部半自传体小说，文中虽然没有提到奥尔科特一家曾经居住过的马萨诸塞州康科德小镇，但在故事中却不难发现康科德的风景和一座与奥尔科特故居相似的房屋的影子。书里的一草一木、飘雪的午后以及大西洋的海岸都与书中人物息息相关，也无不流露出作者幼年和青年时期的家庭记忆。

路易莎·梅·奥尔科特出生于宾夕法尼亚州的日耳曼敦。她的父亲是一名教师和哲学家，倡导妇女选举权和废除奴隶制；母亲是马萨诸塞州最早的女性社会工作者之一。路易莎年纪轻轻就开始担任老师、家庭教师和裁缝，后来以写作为生。奥尔科特姐妹（也是姐妹四人，就像故事中马奇家一样）在家中接受父母的教育。路易莎和父母一样，终其一生在社会和政治领域都非常活跃。她自强不息，成为美国妇女的榜样。

斯莫兰省 *
瑞典

---

* 瑞典的一个旧省，现已划分为其他行政区。——编者注

"很难说清这块地方算是陆地还是海洋。海湾处处涌入，冲破陆地，形成岛屿、半岛和岬角。海水铺天盖地而来，除了丘陵和山坡还能露出水面，低地都被海水吞噬了。大雁从海上飞来时已是黄昏，起伏的陆地在闪闪发光的海湾间延伸，美不胜收。这里到处都是一些小房子，越往内陆，房子越大，式样也更好。"

《骑鹅旅行记》
塞尔玛·拉格洛芙
1906—1907

一个男孩骑在鹅背上看他的祖国瑞典的故事。

尼尔斯是个调皮捣蛋的男孩，总喜欢惹周围的人不高兴，从他的父母到农场里的动物无一幸免。有一天，他用网兜抓住了一个精灵。精灵想跟他做个交易来换取自由，但被尼尔斯拒绝了，于是精灵惩罚他，把他也变成了一个小精灵。农场里的动物趁机把喜欢恶作剧的尼尔斯教训了一番。就在这时，几

只大雁从天空飞过,农场里一只家养的鹅决定加入雁群。尼尔斯用双臂搂住鹅的脖子想阻止它,却忘了自己已经缩小了,没来得及松手的他被鹅带着飞上了天空。男孩跟随雁群在瑞典各地见识了许多不同的风景,经历了数不清的冒险。这段奇妙旅程也永远改变了尼尔斯。

塞尔玛·拉格洛芙是世界上第一位获得诺贝尔文学奖(1909年)的女性。她出生于瑞典,由于家庭经济拮据,她很小的时候就懂得必须学会一项技能来养活自己。拉格洛芙决定当一名教师,她在当时斯堪的纳维亚的女权运动中发挥了重要作用。瑞典教育部门委托她撰写一本帮助孩子了解瑞典地理、神话和风俗的书,这最终成了她最著名的作品《骑鹅旅行记》。她花了三年时间研究瑞典各省的自然条件、民俗和传说,然后把这些知识编织进尼尔斯充满想象力的探险之旅中。

科孚岛

希腊

"种满灯笼海棠的篱笆后面是橄榄树林，里面传来持续不断、忽高忽低的蝉鸣声，仿佛在给这热火朝天的场面伴奏。倘若艳阳酷暑能发出声音，那一定会是聒噪单调的蝉鸣声。……小岛的魔法像柔软黏稠的花粉一样，渐渐附着在我们身上。每天都是这么安静，时间仿佛停滞不前，我们希望一天永远不会结束。但是夜晚暗色的皮肤逐渐被撕开，新的一天又到来了，明亮而五彩斑斓，仿佛一张贴纸，同样有种不真实的意味。"

《追逐阳光之岛》
杰拉尔德·达雷尔
1956

在一座希腊小岛上，在各种动物的陪伴下经历的形形色色的冒险和难忘的童年。

杰拉尔德·达雷尔十到十四岁期间，跟着家人在希腊科孚岛生活，在那里度过了一段难忘的时光。多年后，他出版了《追逐阳光之岛》，这是他三本自传体书籍中的第一本，专门讲述他在科孚岛的生活。作者以恰到好处的幽默笔触，描写了岛上居住的"怪人"们，讲述了他做过的科学考察以及他们一家遇到的一些

趣事。通过这些奇遇，我们会知道为什么达雷尔一家会在短短四年内搬三次家，也能读到一些令人抓狂的小插曲（有真实发生的，也有虚构的），比如杰拉尔德的哥哥在吃饭时打开了一盒火柴，却不知道杰拉尔德事先在火柴盒里放了蝎子，结果蝎子和它的幼崽满桌子乱爬，好好的家庭午餐顿时陷入一片混乱。

杰拉尔德·达雷尔和家人因为不喜欢英国灰暗的天气，于1935年迁居科孚岛。在希腊生活的四年里，杰拉尔德没有去学校，而是在家接受不同导师的学习辅导。其中最有名的导师是希腊裔英国人西奥多·斯蒂法尼德斯，他是一位科学家、诗人和哲学家，在他的引导下，杰拉尔德对博物学产生了浓厚的兴趣。他们一起用试管甚至家里的浴缸研究科孚岛的动物群系。达雷尔对动物的热情影响了他的职业选择：成年后，他到世界各地考察，致力于保护濒危物种。

博尔格山口

罗马尼亚特兰西瓦尼亚地区

"夜幕降临,天气开始变得非常寒冷,渐浓的暮色与栎树、山毛榉还有松树的暗影融为一体。我们沿着峡道向上攀登,山脊之间的深谷中,深色的冷杉在积雪的映衬下格外醒目。有时候,路会从松树林中穿过,在黑暗中,阴森的树丛仿佛要把我们吞噬,大团的灰影渲染出一种神秘而庄严的氛围,让人不禁生出许多可怕的念头和想象,夕阳的映照赋予鬼魅的云彩一种奇特的凹凸感,像是在喀尔巴阡山脉的山谷中无尽地蜿蜒翻涌。"

《德古拉》
布莱姆·斯托克
1897

几个来自英国的年轻人与狡猾邪恶的特兰西瓦尼亚吸血鬼斗智斗勇的恐怖故事。

布莱姆·斯托克创作的这部哥特式小说既不是第一部,也不是唯一一部以吸血鬼为题材的作品,但却是最著名的一部。这位爱尔兰作家在创作《德古拉》时搜集了大量有关吸血鬼的神话传说,用于塑造德古拉伯爵充满诱惑力的形象。故事围绕一对主人公——年轻律师乔纳森·哈克和未婚妻米娜·默里的日记展开,乔纳森前往罗马尼亚

偏远地区会见一位客户，他惊讶地发现他的客户德古拉伯爵是个吸血鬼。德古拉伯爵把乔纳森软禁在自己的城堡里，然后动身前往英国。在伦敦，德古拉遇到了米娜和她的朋友露西，并把露西咬成重伤。虽然乔纳森逃回了伦敦，却无法阻止米娜被迫饮下德古拉的血。在医生范·海辛的帮助下，他们终于摆脱了吸血鬼的诅咒。

布莱姆·斯托克，爱尔兰小说家，他因为健康问题，从出生一直到七岁都躺在床上。为了打发时间，他的母亲会在床边给他讲神秘故事和鬼故事。在成为作家之前，斯托克学过数学，当过公务员，还担任过一位著名演员的经纪人。在构思德古拉城堡的选址时，他参考了艾米莉·杰拉德等作者对特兰西瓦尼亚的喀尔巴阡山脉崎岖地貌的描述。博尔格山口是一个阴森的山口，斯托克把通往德古拉城堡的通道设定在这里。

爱德华王子岛

加拿大

《绿山墙的安妮》
露西·莫德·蒙哥马利
1908

一个孤女被两个农民收养,在他们的帮助下,她发现了家的意义。

马修·卡思伯特和玛丽拉·卡思伯特是生活在加拿大一个小岛上的一对中年兄妹,他们打算收养一个男孩,帮他们分担绿山墙农场的农活。由于一连串的错误和误会,一个名叫安妮的11岁红发女孩来到了他们身边。尽管和他们的初衷不符,但是兄妹俩最后还是喜欢上了安妮,因为她性格开朗,并热爱这座小岛。风景是这本书中的基本要素,爱

"花园外面，长满三叶草的绿地一直延伸到溪水流经的山谷，那儿矗立着许多白桦树，树底下长满了美丽的蕨类和苔藓等植物，令人心旷神怡。更远处是一座郁郁葱葱的小山，松树和冷杉柔化了山丘的轮廓，山坳里显露出她在闪着光的水塘对面看到的那座小房子的灰屋顶。左边远处有一些大谷仓，草地后方就是波光粼粼的蓝色大海。安妮那双追逐美的眼睛贪婪地注视着这一切。这个可怜的姑娘活到现在，见过了许多丑陋的地方，而这里的一切是她做梦都没见过的最美的风景。"

德华王子岛上这个虚构的小村庄阿冯利将书中的人物紧密地联系在一起。在这个朴素的海滨村庄，安妮为新家美丽的自然风光所吸引，从一个被忽视的小孩成长为一个自信的年轻姑娘，并收获了亲情。小说中的风景也随着人物的成长发生着变化。阿冯利因为安妮才变成现在的样子，而安妮的成长也离不开阿冯利的滋养。

露西·莫德·蒙哥马利是一位加拿大女作家，曾读过师范学校，也当过记者。《绿山墙的安妮》中虚构的阿冯利村，其灵感来自卡文迪什镇（隶属爱德华王子岛），那里也是作者成长的地方。蒙哥马利和她笔下的安妮一样，是被收养的，只不过蒙哥马利不是被陌生人而是被外祖父母收养。她就是以这座她从小就非常熟悉的岛屿为原型，刻画了阿冯利村。

莫斯科和圣彼得堡之间

俄罗斯

"这时,狂风仿佛克服了所有障碍,把车厢顶上的积雪席卷而起,把翘起的破铁皮吹得叮当作响。远方传来火车尖锐的汽笛声,听上去凄凉又哀伤。这场可怕的暴风雪在她眼中似乎比以往的更加壮美。"

《安娜·卡列尼娜》
列夫·托尔斯泰
1877

一个揭露了社会的虚伪以及城市生活与乡村世界巨大反差的故事。

《安娜·卡列尼娜》的开头很有名:"幸福的家庭都很相似,不幸的家庭各有各的不幸。"安娜嫁给了一位年长她二十岁的俄国政府高官。当她遇到英俊的伏伦斯基伯爵后,两个人产生了感情。但僵化的社会规范注定了这段关系将以悲剧收场。安娜成了试图争取自由的牺牲品。除了她的故事,小说还平行地叙述了地主列

文（被认为是作者的另一个自我）的生活。他生活在农村，远离城市的喧嚣，想努力改善农奴的生活。通过小说，托尔斯泰将农村的简单和宁静与莫斯科、圣彼得堡的精致和快节奏进行对比，并揭示了在城市，面子比什么都重要。列文象征着俄国的乡村和风景，文中对风景的描述与他的思想和精神密切相关。

列夫·托尔斯泰出身贵族，是19世纪俄国最伟大的小说家之一。他关于非暴力抵抗的思想影响了甘地和马丁·路德·金。在文学上取得一定成就后，中年的他先后经历了一场道德危机和一场随之而来的精神觉醒。在这个时期，他回到了乡下的老家——位于图拉省的亚斯纳亚·波利亚纳庄园，在那里过着简朴的生活。他创办了一所农民子弟学校，在自己的花园里给那些孩子们上课，并编撰自己的课本。托尔斯泰的教育理念是：人应当尊重自己和他人。

芬兰湾
芬兰

《夏日书》
托芙·扬松
1972

祖母和孙女二人在一个宁静的小岛上度过的暑假时光。

《夏日书》收录了夏日发生在芬兰湾一个小岛上的 22 个小故事，这些故事展现了祖母、儿子和孙女索菲娅之间的关系，但故事真正的主角是年过八旬的祖母和孙女，她们之间的感情充满了微妙的变化和起伏。这些故事通过观察和沉默来展开，比如索菲娅会突然问祖母什么时候会死，祖母回答说很快就会死，但这不是她能决定的。

"傍晚的第一丝凉意已经降临，翩翩起舞的飞蛾也不见了踪影。青蛙纷纷出场，开始热闹的对唱，蜻蜓肯定都死了。天空中，最后几朵红云与黄云融为一体，呈现出橘红的色调。"

在整本书中，两个人通过想象、神秘事物和对话来探索自己的内心世界，同时发现她们周围奇妙的风景。有时，文字就像小说中的岩石和大海一样粗犷；文字和所描绘的风景往往融为一体、相得益彰。风景不仅仅是故事发生的场景——它与祖母和孙女构成了一个不可分割的整体，还恰如其分地反映了她们的恐惧、任性与渴望。

托芙·扬松是芬兰作家、画家、漫画家和插画家，用瑞典语写作。她的父母都是艺术家（父亲是雕塑家，母亲是平面设计师和插画家），而她因为创作了姆明一家的形象而闻名。她经常与父母、兄弟和侄女在布雷兹卡尔岛上消夏。后来，她在克洛夫哈鲁岛上建了一座小屋，在那里生活。在芬兰湾这两个岛上居住的经历为她创作《夏日书》提供了现实和情感上的参考。

巴塔哥尼亚

阿根廷 / 智利

"从乌斯怀亚出发，沿着比格尔海峡步行至少五十千米，才能到达哈伯顿的布里奇斯牧场。开始的一段路，森林一直延伸到海岸边，透过树枝的缝隙能看到深绿色的海水和随着潮水起伏而荡漾的紫色海藻带。越往前走，山丘逐渐后撤，出现一片长满硬草的牧场，其间星星点点生长着雏菊和蘑菇。沿着潮汐留下的痕迹继续向前走，岸边的树枝被海水不断冲刷，海滩上不时能遇见一艘木船的龙骨或是一头鲸鱼的骨架。鸬鹚和南雁落脚的岩石被海鸟的粪便染成斑驳的白色，当它们起飞时，拍打的翅膀闪烁着黑白相间的光芒。"

《巴塔哥尼亚高原上》
布鲁斯·查特文
1977

一段传奇的旅行，一本改变旅行文学史的书。

布鲁斯·查特文的一位表亲曾经从"世界尽头"寄给布鲁斯·查特文的祖母一份结婚礼物——一小块带有一绺绺红毛的兽皮，这块兽皮让作者开启了前往遥远的"世界尽头"——巴塔哥尼亚的旅程。根据家族流传的说法，这块保存在餐厅玻璃柜中的兽皮属于一只在巴塔哥尼亚某个洞穴中被发现的恐龙。查特文顺着这条线索前往巴塔哥尼亚。在大约六个月的时间里，他在

横跨智利和阿根廷的巴塔哥尼亚地区游历，遇见了形形色色的人：怪人、流亡者、搁浅在时光里的人……这些人离奇古怪的故事令人欲罢不能，作者仿佛是一位来自英国的山鲁佐德，在南美洲向我们娓娓道来。《巴塔哥尼亚高原上》是一部以旅行者的日常生活为中心，充斥大量数据的编年史，展现了数个世纪的历史以及处于现实与虚构之间的人物的踪迹。

布鲁斯·查特文是一位英国作家，因创作游记而闻名，他的作品弱化了虚构与非虚构之间的界限。在《星期日泰晤士报》担任通讯员期间，他去了巴塔哥尼亚，只给报社发了一封简短的电报。查特文用文字描绘了这次探险，彻底颠覆了以往的旅行文学。他为巴塔哥尼亚增添了传奇色彩，把这片贫瘠、寒冷、荒凉、不适宜居住的土地变成了大批读者集体想象的一部分。

歌 岛
日本伊势湾

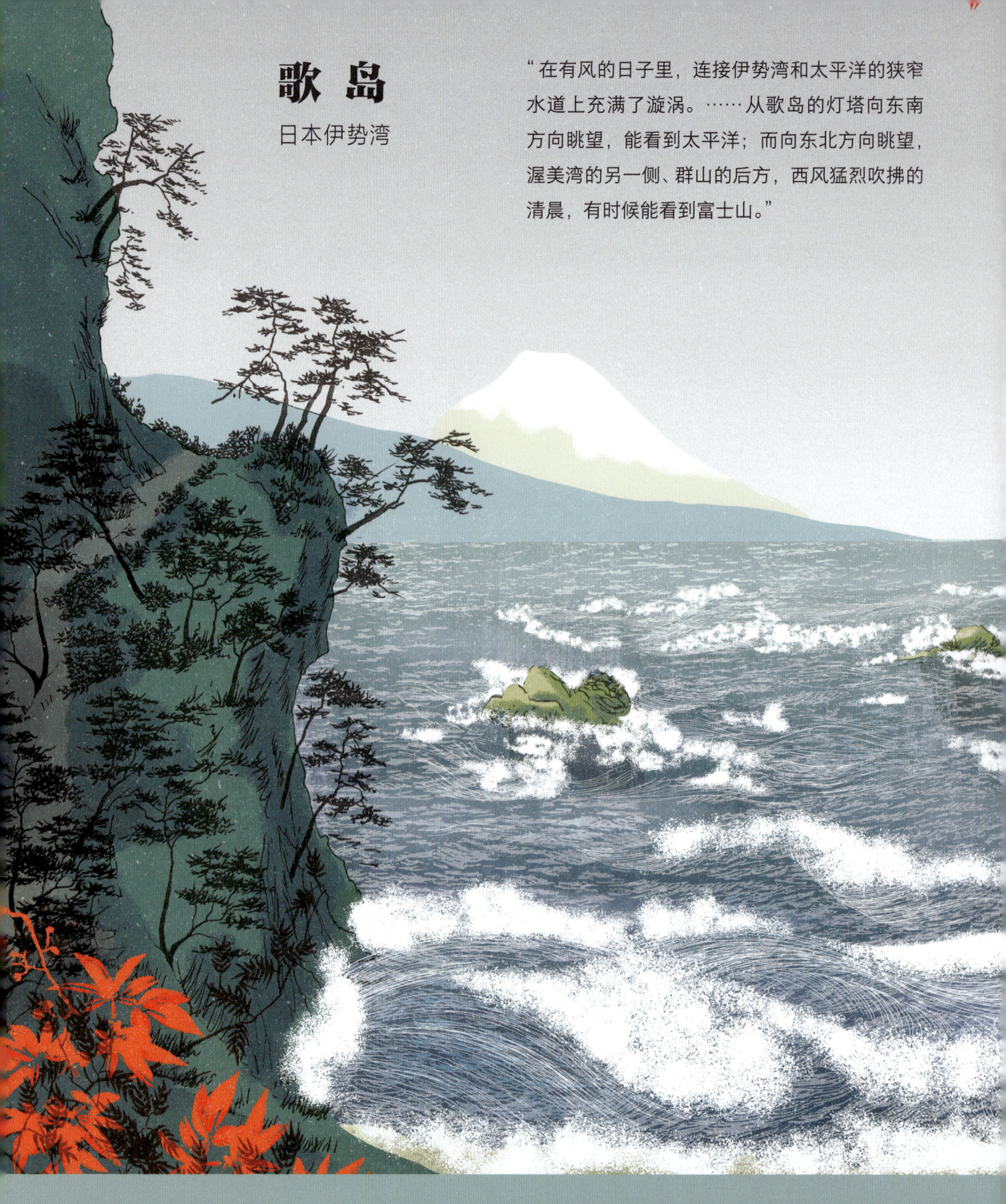

"在有风的日子里，连接伊势湾和太平洋的狭窄水道上充满了漩涡。……从歌岛的灯塔向东南方向眺望，能看到太平洋；而向东北方向眺望，渥美湾的另一侧、群山的后方，西风猛烈吹拂的清晨，有时候能看到富士山。"

《潮骚》
三岛由纪夫
1954

发生在一座偏僻而宁静的日本小岛上的一段充满戏剧性的初恋故事。

新治是一位默默无闻的青年渔民，他生活在歌岛上，那是日本南部海湾里的一座偏僻的岛屿。他18岁，刚高中毕业。初江是当地富商照吉的女儿，刚被她的父亲从别的岛带回歌岛。和岛上的其他男孩子一样，新治也被初江的美貌迷倒了。照吉觉得该给初江找个丈夫了，初江的丈夫以后会继承家族的产业。

新治和初江坠入了爱河，他们都是第一次恋爱。在这个原始而凶恶的环境中，流言蜚语如海浪般汹涌袭来，试图破坏他们的关系。这本成长小说描述了陷入爱情的年轻人在狂野的环境中所经历的犹豫和恐惧，大自然的节奏变化与三岛笔下人物的情绪起伏相得益彰。

三岛由纪夫本名**平冈公威**，出生于东京。他自幼酷爱阅读欧洲当代作家的作品和日本经典作品。在《潮骚》中，三岛将小说的背景设定在偏远的乡野，从而让日本农村淳朴的生活与东京所代表的现代世界形成鲜明对比。在岛上，自古以来，日常生活就以月相的变化和四季的更迭来划分。岛上的居民依照传统和惯例行事，缺乏个人抱负。在这样的小岛上，海浪声是无法回避的，它标志着岛上居民内心世界的振荡和低语。

中央公园

美国纽约市

"我在纽约生活了一辈子,对中央公园就像对自己的手掌心一样熟悉,因为小时候我每天都去那里滑冰或者骑自行车。但是那天晚上,我费了好大的劲儿才找到那个湖。我明明对它的位置再清楚不过了——就在中央公园里头南边不远的地方——但我就是找不到它。我一定醉得比我想象的厉害。我一刻不停地走啊走啊。天色越来越黑,我感到越来越害怕。"

《麦田里的守望者》
杰罗姆·大卫·塞林格
1951

一个尖酸刻薄、心灰意冷的少年内心深处的自白。

这是一个以第一人称视角展开的故事,主人公名叫霍尔顿·考尔菲尔德,是一个十六岁的男孩,他几乎讨厌身边的一切人和事。他思维敏锐但愤世嫉俗、叛逆不羁,被学校开除后,他感到迷失了方向。作者借霍尔顿的所见所闻以及他那种第二次世界大战后纽约街头特有的口语,展现了主人公纯真的丧失和从青春期走向成人世界时产

生的恐惧。通过成为自己故事的讲述者，塞林格这本通俗易懂的作品成功地吸引了年轻读者。小说捕捉到了青春期的种种矛盾，引发了读者难以抗拒的共鸣。纽约这座城市是小说中的另一主角。冬日的中央公园荒凉而萧索，令霍尔顿思绪万千，在他感到焦躁不安的时候，他常常疑惑，公园的湖面结冰后，湖面上的鸭子们会去哪里。

杰罗姆·大卫·塞林格出生于纽约的一个富裕家庭。他的学习成绩平平，毕业后恰逢第二次世界大战爆发，他应征入伍，在反间谍部门服役，这段经历对他影响深远。《麦田里的守望者》获得成功后，他就把自己关在美国东北部科尼什的一间小屋里，拒绝名利和与外界接触。他过上了与世隔绝的生活，多年以来极少再发表作品，直到去世。

马格达莱纳河

哥伦比亚

《霍乱时期的爱情》
加西亚·马尔克斯
1985

跨越半个多世纪的爱的诺言在一场航行中得以实现。

加西亚·马尔克斯从父母浪漫而充满变数的爱情故事中得到灵感,创作了这部小说。它讲述了经久不息的爱情,也谈及衰老与死亡。故事主人公弗洛伦蒂诺·阿里萨是一个喜欢阅读和写情诗的年轻人,他疯狂地爱上了费尔明娜·达萨,发誓要爱她一生一世。费尔明娜个性骄傲而冲动,在她十八岁时嫁给另一个她并不爱的男人。她年过七旬,成了寡妇,而守着

"他们沿着一条看不到河岸的河流缓慢行驶着,河水在荒芜的河滩上漫延,一直延伸到地平线。但与河口处浑浊的河水不同,这里的水流缓慢而清澈,在烈日照射下闪烁着金属的光泽。费尔明娜·达萨以为这是一片由沙岛构成的三角洲。而船长告诉她:'这是我们所剩无几的河流。'弗洛伦蒂诺·阿里萨对这里的变化感到惊讶。然而到了第二天,航行变得愈发困难,他的惊讶也更甚。他意识到,他的父亲河、世界上最伟大的河流之一——马格达莱纳河成了只存在于记忆中的残影。"

诺言度过五十多年光阴的弗洛伦蒂诺再次出现了在她的面前。他们抛下一切,一起乘船在马格达莱纳河上航行,这是迟到了大半生的重逢。马格达莱纳河既是小说的背景,又具有象征意义,使他们想起过去的时光:河滩上张着大嘴一动不动的鳄鱼、吵吵闹闹的鹦鹉和猴子、河岸上密不透风的植被;在这样一片自然中,生命像爱情一样得到重生。

加西亚·马尔克斯出生于哥伦比亚加勒比海边的一个村庄阿拉卡塔卡。读中学和大学期间,年轻的他每年会坐船沿着马格达莱纳河航行几次。水量充沛时,从巴兰基亚到萨尔加港(再从那里乘火车前往波哥大)需要五天时间;在干旱的年份,运气好的话要航行三个星期。但无论如何,船上的生活就是一场狂欢。作者曾说,他之所以还想回到童年,唯一的原因就是想再次乘船在马格达莱纳河上航行。

《巴尔扎克与小裁缝》
戴思杰
2000

在那个特殊时期的中国，文字就像救命稻草。

20 世纪 70 年代，两个年轻人被送到四川省天凤山的一个偏远村庄，接受"再教育"。他们生活条件艰苦，返回家乡的希望渺茫，但一个秘密手提箱的出现改变了一切。手提箱里装满了西方文学的代表作，有巴尔扎克、福楼拜、波德莱尔、陀思妥耶夫斯基、列夫·托尔斯泰、狄更斯和吉卜林等作家的作品。两个年轻人把书中的故

天凤山

中国四川省

"天凤山上多雨,雨三天两头地下,雷雨或者瓢泼大雨很少见,大多是那种一直下个不停的绵绵细雨,人们都说这种雨下起来没完没了。从我们的吊脚楼望出去,山峰的形状和房子四周的岩石都隐匿在不祥的浓雾之中,这种有些虚幻的景色让我们烦心。更何况,我们住的房子里面永远那么潮湿,霉菌腐蚀着一切,逐渐把我们包围。住在这里比住在地窖里还要糟糕。"

事讲给村民听,让他们通过文学体验不一样的生活,认识截然不同的世界。与此同时,两人都爱上了一个本地裁缝的女儿,也是当地最美丽的女孩。在这部小说充满诗意的奇美文字中,虚构文学成了生命、智慧和幸福的源泉。

戴思杰是华裔旅法小说家和电影导演,自1984年起旅居法国。1971年,戴思杰被送到四川山区一个偏远村庄当知青,接受"再教育",在那里从14岁生活到18岁。返回家乡后,他成了一名教师。1982年,他开始在天津学习艺术史,后来获得奖学金赴法国学习电影。这些经历成为他小说的素材,后来他作为导演亲自把这部小说拍成了电影。

撒哈拉沙漠

摩洛哥

"沙丘在她的注视下慢慢移动,像张开脚趾一样缓缓分开。金色的小溪在灼热的沙丘谷地流淌。生硬的沙丘波浪般起伏,被烈日炙烤。宽广的白沙滩呈现完美的弧度,面对红色的沙海兀自岿然不动。"

《沙漠》
勒克莱齐奥
1980

一个关于远离故土与归属感的故事,沙漠既是一切的起点又是一切的终点。

这部小说讲述了两个相互关联的故事:一个是生活在丹吉尔贫民窟的年轻女孩拉拉的故事,另一个是"蓝面人"(非洲撒哈拉沙漠中的部族,长期反抗法国殖民军)队伍里的男孩努尔的故事。两个故事之间的联系在于,主人公都是"蓝面人"的后代。静谧广袤的沙漠和美丽的沙丘是拉拉的天堂,这片干旱的土地让她感到自由。她承受着极端的气候,听老

渔夫纳曼讲传奇故事，与年轻的牧羊人哈尔塔尼一起闯荡，并与之坠入爱河。但她被迫抛下一切前往马赛，以新移民的身份谋生。经历许多波折后，她回到了自己的故乡，回到了她心驰神往的沙漠。她确信那里就是她想要生活的地方。在那里她找到了自我，因为她感受到大自然的力量，与人类短暂的生命相比，大自然无限的魅力是一种绝对的真实。

勒克莱齐奥是一位背井离乡的法国作家。他是移居毛里求斯的布列塔尼人的后裔，因为父亲工作的缘故，他的童年先后在法国尼斯和尼日利亚度过。他曾在泰国、墨西哥、巴拿马、美国、毛里求斯和韩国生活过，多次担任教师。他的第二任妻子也是他两个女儿的母亲杰米娅来自摩洛哥，正是她让勒克莱齐奥了解到这个国家，并将这部小说的主要场景之一设定在这里。

伊古尼亚山谷

西班牙坎塔布里亚自治区

"丹尼尔喜欢独自感受山谷宁静安详的氛围，欣赏山谷中一片片连绵的草地和其间零星分布的农舍，这儿不时还能看到成片深绿色的栗子树或者浅绿色调的桉树林。远处群山环绕，在不同的季节和天气，山的质地也会发生变化，在阴云密布的日子里，山的质地会从一种奇特的植被覆盖的缥缈变成一种如密实的矿物和铅一般的坚固。"

《少年不知何处去》
米格尔·德利韦斯
1950

坎塔布里亚自治区田园牧歌的生活体验以及纯真的逝去。

《少年不知何处去》的写作背景是战后的西班牙乡村。这是一部经典的成长小说，讲述了主人公丹尼尔（绰号"小鸭"）在乡村的小天地里生活和学习，并逐渐长大成人的经历。这部作品写到了大自然及其循环，是一首对生命、友谊和爱情的赞歌，不过其中也涉及苦难和死亡。最重要的是，作品充斥着一种失去童年乐园的伤感情绪。本书的开头写道：离开

家乡的前夜，丹尼尔感到喉咙哽咽，因为他即将坐上火车，到首都去上学。从这一刻起，小说开始重温失落的童年乐园和主角充满波折的童年经历。莫列多村（小说中虚构村庄的现实原型）及其周边环境对作者的生活和创作的重要性远不是风景那么简单，正如德利韦斯曾说过的那样，在他的第三部小说《少年不知何处去》中，他找到了自己的叙事风格。

米格尔·德利韦斯是内战后的西班牙文学界最杰出的人物之一。《少年不知何处去》中虽然没有明确提及地名，但故事背景应该是设定在了坎塔布里亚自治区的莫列多村（伊古尼亚山谷）。德利韦斯在那里度过了童年和青少年时期的许多个夏天。他的祖父弗雷德里克离开法国来到这个村庄参与铁路修建。山谷中点缀着草地、树林和农舍，连接着南面卡斯蒂利亚干涸的棕色平原和北面蔚蓝的大海。

普罗奇达岛

意大利那不勒斯湾

"伊斯基亚岛的海水和空气是那么洁净,岛上的小房子和灯塔在水面投出清晰的倒影,仿佛在水里复制了一个一模一样的岛。一切都清晰、纯净、彼此孤立;同时,无数的色调混合成一种欢快而神圣的色彩,绿色、天蓝色和金色交相辉映。那色彩不断变幻,难以捕捉,就像一团在灯光下不知疲倦地飞舞的昆虫。就连山顶上那座忧郁的监狱,都从早到晚变幻着彩虹般的色彩。"

《阿图罗的岛屿》
艾尔莎·莫兰黛
1957

一座岛屿为一个情感困顿的孤独少年掩藏的秘密。

阿图罗出生在那不勒斯湾的普罗奇达岛,他在那里度过了童年和少年时代。母亲早逝,父亲对孤独的阿图罗来说至关重要。尽管大部分时间父亲都没有陪伴在他身边,但他对父亲的态度却几近崇拜。他的家中一直缺少女性角色,因此,当那个几乎与他同龄的女人(父亲的新伴侣)闯入这个家时,阿图罗的情感世界变得越发混乱了。这部教育小说的故事发

生在地中海的一个小岛上，这里是地球上一个不起眼的小地方，但却是阿图罗的整个宇宙。在这个面积不大但光照充足的岛上，有作为瞭望塔的古监狱，有五颜六色的房屋和一路下坡延伸到大海的狭窄街道。在爱情的坐标还不为人所知的时候，这里就是爱情被发现的地方。同时，这里还埋藏着许多的秘密和谎言，对于一个少年来说，它们是那么残酷、无情。

艾尔莎·莫兰黛是20世纪意大利最伟大的作家之一。18岁她就离开家人独自生活，并开始在杂志上发表自己的短篇小说。她和她的丈夫——作家阿尔贝托·莫拉维亚都是犹太人，在第二次世界大战期间，他们为躲避法西斯逃离罗马后，曾在那不勒斯附近短暂居住过一段时间，宽广的那不勒斯湾里的这座岛屿为他们的生活增添了不少色彩。莫兰黛用她的笔将普罗奇达岛描绘成了一座迷人的"监狱"。

索洛涅

法国卢瓦尔河谷中部

"谢尔河的两岸真美啊!我们驻足的这片河岸是一块平缓的坡地,土地被分割成小块的绿地和被篱笆隔开的小片柳树林,就像一座座微型花园。"

《大莫纳》
阿兰 – 傅尼埃
1913

酷爱冒险的少年对纯粹爱情的痴迷引发了一场幻想之旅。

有一天,奥古斯丁·莫纳在森林里游荡时迷路了,误入一座豪宅,那里正在筹备一场奢华的聚会。莫纳在聚会上与一位美丽的女子邂逅,并被她深深地迷住了。第二天,莫纳返回家中,但是他再也没找到通往豪宅的那条路。在朋友弗朗索瓦的帮助下,莫纳想方设法找到了那位女子。这部小说以法国乡村为背景,用格外神秘和忧郁的笔触

描写了这个热情洋溢的少年步入生活的故事。小说还描绘了乡村生活，风景的刻画占据了大量篇幅：四季的色彩、大地、炎热的夏日、夜晚的喧闹和寂静。当一个生来孤独的人梦想着逃亡和冒险时，青春期忠贞的友谊至关重要。但是，莫纳沉浸在单恋之中，不在乎是否能得到回应。因此小说被一种强烈的近乎魔幻的氛围笼罩着。

亨利 - 阿尔班·傅尼埃于第一次世界大战爆发后牺牲在前线，去世时年仅 27 岁。他创作的这部独特的小说（以笔名阿兰 - 傅尼埃署名），故事发生在他的家乡，位于法国中部的索洛涅。傅尼埃从埃皮涅伊 - 勒 - 弗勒里埃尔村（他父亲教书的村子，傅尼埃在这里读完了小学）汲取灵感，创作了书中大部分场景。索洛涅和谢尔河流域的景色丰富多彩，那里遍布湖泊和池塘、湿地和森林，野生动物在其间繁衍生息。

乌姆奥菲亚

尼日利亚

"这一年最后一场大雨即将落下,踩筑新墙用的红土的时候到了。这之前不能踩,因为大雨会把踩好的土堆冲垮;这之后也不能踩,因为雨后要忙着收获,等收完庄稼,旱季就来了。

"这会是奥贡喀沃最后一次在恩邦塔参与收获。"

《这个世界土崩瓦解了》
钦努阿·阿契贝
1958

一个为了不让自己的世界土崩瓦解而顽强奋斗的故事。

《这个世界土崩瓦解了》被认为是尼日利亚作家钦努阿·阿契贝最优秀的作品,也是目前现代非洲文学中阅读量最高的一部作品。小说中虚构的乌姆奥菲亚村的生活围绕着伊博人的文化和神话展开,阿契贝巧妙地将这些文化和神话元素融入小说的情节,向读者展示了一个未经欧洲作家渲染的属于他自己的世界。在这个世界里,村庄的

风景与日常生活融为一体。主人公奥贡喀沃一心想成为乌姆奥菲亚的领袖,从他身上可以看到欧洲白人传教士来西非前后不同的境况。主人公因误杀了一个族人而被流放七年,回到村子后,他发现曾经熟悉并恪守的生活方式已经不复存在了。奥贡喀沃抵制变革,但变革势不可当、来势汹汹,最终悲剧性地拖垮了他。

钦努阿·阿契贝出生于尼日利亚奥吉迪,是一位教会学校教师的儿子。《这个世界土崩瓦解了》是他的第一部也是最著名的一部作品。由于这部作品没有掺杂西方的观点,而且是从被殖民的视角解释了复杂的殖民史,因此他被视为非洲文学的先驱。故事发生在伊博人(阿契贝是伊博人)的一个村庄,他们的领袖是一个骄傲而暴躁的人,他目睹了自己民族的毁灭却无能为力,自己也走向了自我毁灭。

参考图书

《汤姆·索亚历险记》
《金银岛》
《野性的呼唤》
《地心游记》
《丛林故事》
《悉达多》
《基督山伯爵》
《呼啸山庄》
《小妇人》
《骑鹅旅行记》
《追逐阳光之岛》
《德古拉》
《绿山墙的安妮》
《安娜·卡列尼娜》
《夏日书》
《巴塔哥尼亚高原上》
《潮骚》
《麦田里的守望者》
《霍乱时期的爱情》
《巴尔扎克与小裁缝》
《沙漠》
《少年不知何处去》
《阿图罗的岛屿》（La isla de Arturo，中文版暂未引进）
《大莫纳》
《这个世界土崩瓦解了》

本页出现的图书封面参照原版封面绘制，
内文封面同。

本书插图系原文插图，地图为原书
手绘图，非标准地图。

格陵兰岛

北美洲

太平洋

大西洋

南美洲

非洲

1. 《汤姆·索亚历险记》/
密西西比河，美国
2. 《金银岛》/ 位置不详
3. 《野性的呼唤》/ 育空地区，加拿大
4. 《地心游记》/ 冰岛
5. 《丛林故事》/ 印度
6. 《悉达多》/ 印度北部
7. 《基督山伯爵》/ 马赛，法国
8. 《呼啸山庄》/ 约克郡，英国
9. 《小妇人》/ 马萨诸塞州，美国
10. 《骑鹅旅行记》/ 瑞典
11. 《追逐阳光之岛》/ 科孚岛，希腊
12. 《德古拉》/
特兰西瓦尼亚地区，罗马尼亚
13. 《绿山墙的安妮》/
爱德华王子岛，加拿大
14. 《安娜·卡列尼娜》/ 俄罗斯
15. 《夏日书》/ 芬兰湾，芬兰
16. 《巴塔哥尼亚高原上》/
阿根廷／智利
17. 《潮骚》/ 伊势湾，日本
18. 《麦田里的守望者》/
纽约市，美国
19. 《霍乱时期的爱情》/
马格达莱纳河，哥伦比亚
20. 《巴尔扎克与小裁缝》/
四川省，中国
21. 《沙漠》/ 撒哈拉沙漠，摩洛哥
22. 《少年不知何处去》/
伊古尼亚山谷，西班牙
23. 《阿图罗的岛屿》/
普罗奇达岛，意大利
24. 《大莫纳》/ 卢瓦尔河谷中部，法国
25. 《这个世界土崩瓦解了》/
尼日利亚